KB064752

달의 아버지

황금알 시인선 286

달의 아버지

초판발행일 | 2024년 3월 15일

지은이 | 민경탁
펴낸곳 | 도서출판 황금알
펴낸이 | 金永馥
주간 | 김영탁
편집실장 | 조경숙
표지디자인 | 칼라박스
주소 | 03088 서울시 종로구 이화장2길 29-3, 104호(동숭동)
전화 | 02)2275-9171
팩스 | 02)2275-9172
이메일 | tibet21@hanmail.net
홈페이지 | http://goldegg21.com
출판등록 | 2003년 03월 26일(제300-2003-230호)

달의 아버지

민경탁 시집

황금알

힘 모아 다듬어 옮겼다. 세계를 설명하고 인간을 구원하기에 조금이나마 도움이 되었으면 한다. 삶의 땟국을 씻어내고 무늬를 아름다이 펼쳐 보이며, 세상과 사람들에 무엇을 더하고자 한다. 세상을 사랑하고 노래하고 또 아파하리라.

보편성 없는 정서 토로, 의식과 사유의 무의미한 유희, 의미와 가치 없는 서정미는 지양한다. 한 편의 시는 세상에 무엇을 더하였는가 하는, 엄혹한 질문에 버텨낼 수 있어야 한다는 라이너 쿤체 시인의 말을 존중하며 우리 세상 샛별을 열정적으로 희구하겠다.

이 시편들이 나를 사랑하고 아끼는 분들께 육질과 과즙이 알맞은 수밀도가 되었으면 좋겠다. 가족과 많은 도움을 주신 분과 황금알 출판사에 감사한다.

2024년 첫 봄
빛솔의 방에서 민경탁

차 례

1부 붙박이별 하나

3부 달의 아버지

4부 김천역

1부

붙박이별 하나

윤슬

푸른 강 등줄기에
은빛 숨결이
정갈히 소리친다
바다는
어딨는가, 하고
반짝반짝 반짝반짝
반짝반짝 반짝반짝 반짝반짝
바다를 향한
금빛 꿈들의
은빛 투혼들이
찬연하다 일렁인다
다시 아침을 맞으며
그곳은 안녕한지
그대는 정말 잘 있는지
묻는다
기꺼이 산화하여
바다에 가 닿으려나
마침내
낯선 별이 되기 위해

달려가는
은빛 메아리들
숨결이 가쁘다
반짝반짝 반짝반짝
반짝반짝 반짝반짝 반짝반짝
눈부셔라

붙박이별 하나

낯선 별 하나

수성 금성 화성 목성
토성 천왕성 해왕성

아닌, 지구 위에
태어났구나

무변 우주 천체 중
기어이 여기 찾아온 너
어디서 본 것도 같애

이 세상 어디 있으나
네가 잘 보인다

큰 땅 위에
새 하늘 열려

희망이 알맞으면

화평이 함께 하고

몸이 수고로운 만큼
세상은 빛날 거야

어느 머언 날 네게서
또
붙박이별 생겨나리

천운의 붙박이별 하나

있다

하늘에 해가 떠 있다.
강변에 해오라기가 놀고
강변로에 자동차가 달리고
있다.
강바닥 크레인 안에
달리는 자동차 속에 사람이
들판엔 일하는 농부가
바다엔 고기 잡는 어부가
있다.
웃는다 화낸다 운다 노래한다.
논밭에 곡식이 자라고
길거리에 삽살개가 다니고
창공엔 전투기가 활공한다.
사랑에 취한 아가씨가
카페에서 겨워하고 있는데
전방에서 병사는 총을 들고 서 있다.
있다.

바다

멀리 있어도
가깝다
푸르고 푸르기에
깊이를 잘 모른다
뭇 생명의 아기집
에덴동산으로 다시
돌아가진 말라
밤낮 구별 없이
속 깊은 동굴을 안고
촉촉이 젖어 있는 늪이다
은은히 가려 있는 숲이다
정체를 잘 모른다
프로이트 박사에게
물어볼까
가까이 있어도
멀다

에듀피아*는 없는가

서울 강남 8학군 초등학교 1학년
교실에서 담임교사가 극단적 선택을

용감하게 단행했다. 학부모 악성 민원이 힘들어
지난해 임용된, 스물셋 새내기 교사가

군사부일체는 헌 신발이 되었는가
낡은 옥돌이 되어 박물관으로 가는가

노르웨이에서 무차별 총기난사로 칠십 명 가까운 목숨을
빼앗은 청년은 일본과 한국의 가부장제를 본받으라 했다

교사는 그림자 빼고는 다 밟혀야 하는가
막말과 협박을 받아내는 AI가 되어 가는가

학생은 각성하고 학부모는 존중하라
교사여, 힘을 내라

에듀피아는 어디에 있는가, 학원가에 있는가

말하라 학생은, 학부모는

학생의 인권과 교권이 공존할 수 없는가
에듀피아는 어디에 있는가

* 에듀피아: 에듀케이션(education)+유토피아(utopia)의 합성어.

무쇠의 야수野獸

속도에 취한 무쇠의 야수들이

무한정 먹잇감을 향해 달린다

쾌속으로 달린다

좀체 멈춰 설 줄을 모른다

거친 식욕에 젖은 짐승들

으르렁 으르렁

속도에 겨워하며 지칠 줄 모르고 달린다

달콤한 먹잇감을 향해, 무쇠의 야수들

속력의 경쟁을 벌이고 있다,

거식증에 걸린 듯하다.

좀 천천히 달리면.

마카 커피

마카* 커피 다고**
여기 있어요
이기 무슨 커핀고?
모카커피요
이느무 가시나야
누가 모과 커피 달라캔나
가시나라 하지 마세요
가시나라 앙 칸다만
모과 커핀 왜 가져오노
...... ?

* 마카: '모두'의 경상도 방언
** 다고: '다오'의 영남 방언

멧비둘기

눈을
크게 뜨고
난다
풀빛 가득한
큰 숲을 벗어나
호수를 품에 안고
6월의 하늘에
귀를 막고
난다 난다
이윽고
끌밋한 호수에
별무리 일렁이고
꿈보다 아름다울 초원에
하이얀 집 한 채
그대와 나란히 앉을
나무의자 하나 있을 거야
귀엣말 도란도란
산꿩이 노래하는
호수 위에

멧비둘기
난다 난다

옻

지리산 아랫마을
진홍 매화 망울 튼다

나토와 바르샤바조약기구
경계에 있는 우크라이나를
러시아의 포병대와 미사일 부대가
전면 공격한다

미사일 공격, 사이버 공격
드론 공격에 수많은 사람이
다치고 죽거나 집을 잃는다

나라와 나라 간의
경제와 환율이 휘청거린다

수백 년 고목의 가지 위에
북에서 날아온 참새 한 마리
무겁게 내려앉는다

지리산 아랫마을
홍매화 향기
은은히 담장을 넘는다

내 몸이 심하게 가렵다

창窓 2

창을 열어 보아요

햇살 따스이 깃들어
행운목 잎눈이 돋아와요

따끈한 차 한 잔
닫혔던 가슴을 열고

당신의 서랍에
갇혀 있던 편지
열어 봐요

골목길을
울리는
개울물 소리

졸졸졸 흐르는
개울물 소리

돌아오는 길목에
다시 불러 세우는
당신의 목소리

창이 열려 있네요

도회의 어부

늦가을
호숫가 공원에 진홍 단풍나무
눈빛이 형형하다

가랑잎 밟으며
너는 어디로 가느냐

가로에 우수수, 은행나무잎 밟으며
무얼 찾아, 무에 그리 급히 가느냐.

까만 밤하늘, 닦고 또 닦아 보아도
접때 본 쑥부쟁이는 아닐 것이다.

호수를 곁에 끼고
너는 어디로 가느냐

밤별만 푸르고나
밤별만 푸르고나

소식

뚝, 소식이
끊겨버린 듯한 스마트폰에
접속음 들어온다.

나를 입양해 줄 사람 찾습니다. 80대 남성. 혼자
쇼핑과 요리 가능. 만성질환 없고 건강합니다. 월
6000위안 연금 나옴. ― 롄진 한쯔청(85)

뜸하다가 아예 소식
끊겨버린 듯한 스마트폰에
소식 하나 들어온다.

아빠, 나 8시에 기차역 도착해요.

찾는다

봄날 이팝 꽃길 걸어
너를 찾는다
자동차 홍수진 대로를 따라
대형마트 매장 안을 한 바퀴 돌아도
너는 보이지 않고, 골목 안
네 사무실 찾아가 보니
문은 굳게 잠겨 있다
전등도 꺼져 있다
다시 대로로 돌아 나온다
텃밭에는 장다리 하늘하늘
영산홍은 해맑게 웃고 있다
벌써 벚꽃은 졌지만 시냇물은 충만하다
강변 공원에 벤치는 누굴 기다리나
나보다 더 많이 기다렸을 벤치
벤치에 한 노인이 기역자로 꼬부라진
등허리를 기대고 있다
강변 공원 수목은 짙푸르고
청둥오리 떼 활기차다
다시 인파 넘치는 거리

반라로 등허리를 드러낸 아가씨의
뒷걸음을 따라가 보지만
너는 보이지 않고

신기루

느티나무 새순 파릇파릇
봄 잔디 잎눈 트는 날

이승에서 만날 수 없는
너를
또다시 만난다
또다시 만나다니

너와 나
한 뿌리에서 피어나

나 여기서
또 한 번 진달래로
피어나는 너를
너를 만난다

아지랑이 속 진달래
진달래 속 아지랑이

알은 채 모른 채
봄빛 산야에 가득한데
웃어야 하리 울어야 하리

기다려, 잘 갈게

누구시지요
누구신지 이름을 대 보세요
지금 한번 만날까
"기다려 잘 갈게"
친구가 우리 집에 오겠단다
앞산 연둣빛 신록이 풍선같이 부푼다
나는 아파트 정문 앞에 나가 기다린다
초록색 티셔츠의 젊은 사나이가 한 명
강아지를 품에 안은 아가씨가 한 명
지나간다, 하지만
친구의 모습은 나타나지 않는다
다시 스마트폰을 귀에 대어 본다
"기다려 잘 갈게"
지척의 시장에 와 있는 것 같은데
단 몇 분이면 올 거리인데
하지만 친구의 모습은 나타나지 않는다
여태껏 차 마시고 밥 먹던 우리 집을
친구가 찾아오지 못한다
또다시 전화를 건다

택시를 탄다며
"기다려 잘 갈게"
30분이 지났다
나타나지 않는다
시장에 나가 휘돌아 봐도 친구는 없다
이제 나는 안다,
친구가 나타나지 않으리란 걸
스마트폰도 받지 않을 것이란 걸
앞산 연둣빛 신록에 친구의 목소리만
맴돌 뿐
"기다려 잘 갈게"

2부

물의 천칙

산은

바람이 노닐다가

어디쯤 머무를 것인지

안다

구름이 변덕을 부리다가

소나기로 환생해서

언덕을 달려내려 오며

들국화에 얼굴 부비는 줄을

지켜보고 있다

강은 언제쯤

바다에

바다에 이를지

내다보고 있다

바람과 구름의 행실을

뚫어 보고 있다

물의 천칙天則

산기슭에서 제 몸 썩혀
잎과 나무와 꽃을
불러낸다

고을고을 내를 이뤄
작물에 젖을 물리고
가축들을
살찌운다

그러다 넘실넘실
몸피를 불려
세상의 체액이 되고
아름다운 풍광을 만든다

낮게 낮게 흘러
식수가 되고
공업용수가 되고
지평을 뒤덮는 홍수가 되고

종국에는 모두
한 몸이 되어
이루는 큰 바다

바다는 훌훌 벗고
하늘에 올라
비와 눈 되어 돌아온다

벼꽃

연초록 껍질이 벌어지면
새하얀 수술이
고개 내밀어 성사되는
소박한 정받이
껍질 열려 불과 한 시간 만에
닫히며 나는 다시 태어난다
입추와 말복의 언저리에서
두 번을 살며
태양 아래에서 한 화려를 누린다
농부들의 힘겨운 사랑 덕분에
마침내
만민의 명줄을 이어주는 밥이 된다
누세를 이어내는 먹이
인류의 명줄
대대를 내려오는 생명의 기운
세세연년 구축하는 탑의 원석이 되는
순간의 이 아이러니 난 기꺼워라

파계사 앞 연못을 보며

교복을 입은 우리가
언제 여기를 왔든가
동화사로 갈지 갓바위로 갈지
아니면 돌아서 파계사로 올지
헷갈림에서 벗어나는 데에
제법 시간이 걸렸군
꽃을 비우고 앉아 있는
파계사 앞 연못에
오색 단풍이 뒤끓고
가을이 온몸을 뒤척인다
우리가 제각기 외로웠던 걸음들을
지고 와서 함께 부리는 법을
알아채는 데에, 깨우치는 데에
파계사 연못은 몹시 목말랐겠구나
저만큼에서 붉은 노을이
고개를 끄덕여주고 있고

2월

조금 늦은 출발이다
한창은 아닌 추위가
슬며시 떠나려 하고

땅거죽 양지엔 새싹이
냇가 버드나무엔
어린 잎순이

고개 내밀어 윙크하는
조금은 부족한 매력이다

실눈을 뜬 매화 향기
하이얗게 뿜어나오고
꿀벌들이 벌써 몸을 섞는다

봄눈 녹은 물이 여유롭게
나들이를 나서고

조금 멋을 지닌

언 땅 위에
약한 봄빛이 솟는다

8월

완숙되지 못한 과일들이
밭에서 아폴로의 열광을
알몸으로 맞고 있다.
더위의 절정
결실을 저당 잡힌
물상들이 열병을 앓는다.
번개구름 솟아 벼락이 잦고
때론 홍수로, 때론 태풍으로
산사태로
대지가 열병을 앓는다.
발육과 성장의 가장 뜨거운,
아폴로의 열정에
논에서 벼가 철들어 가며
겸손을 익힌다.

9월 편지

오늘 아침, 영롱한 이슬
잘 보았나요.
자꾸만 탈바꿈하는 뭉게구름
저만큼 보이나요.
들녘에 호박꽃이
나이를 세는 소리,
귀뚜라미 노랫소리
들리나요.
산꼭대기에 안테나가 졸고
호수에 윤슬이
길가에 코스모스가
한들거립니다.
10월을 접종해 두어요
해오라기, 강물을 박차고
솟구쳐 납니다.

빛솔*

외솔**과 비교함은 가당찮은 일
한솔***에 견준다는 건 어림도 없는 소리
턱없이 팔부능선에 곧게 서서
빛바래기만 하는
빛이 부족한 소나무랍니다.

청소년문화예술센터에
강의하러 갔더니
'빛솔의 방'이란 강의실이
나를 맞아 줍니다.

강의 마치고
혼자 걸어 나오니
앞산의 소나무가
환히 웃으며 솔빛
한 파람을 보내줍니다.

* 필자의 필명 겸 아호. 1999년부터 인터넷 포털사이트와 각종 지면에
쓰고 있음.
** 최현배(1894~1970) 한글학자의 호.
*** 이효상(1906~1989) 교육자 · 시인 · 정치가의 호.

매화마을

섬진강을 굽어보며
물안개 커튼치고
꽃구름 불러 앉혔다
꽃대궐 열렸다
꽃잔치가 한창이다
강은 더욱 짙어지고
산은 더욱 푸르러진다
꽃가지 아래 펼친 밥상
꽃잎만도 배부르다
청아한 백매화 향기
마을 밖 하늘 밖으로 솟구친다
나이를 모르는 하늘이
별을 내려 주고 있다
초록 강물에 몸 담그며
한 계절 머물다 갈거나

동백꽃

산은 제 그림자를 데리고 살지
물은 언제 어딜 가나
제 빛깔을 잃지 않아
하늘이 내어 준 바람의 길
사철 화려하진 않지만
꽃은 제 빛깔과 향기를 감추지 못하지
당신과 나
산과 물 맞닿은 들판 끝 바닷가
4월 동백꽃으로 다시 피어나
물속에 얼비치는
산 그림자 품어 안고
하늘을 노래할 수 있다면
하늘을 떠받칠 수 있다면

뭉게뭉게

예쁜 비누와
결 고운 수건으로 닦지 않아도 되리
뭉게뭉게 뭉게뭉게
뭉게뭉게 삼긴* 그대로 피어났으면

멈춰 서지만 않으면 되네
탈바꿈을 두려워 말게
뭉게뭉게 뭉게뭉게
뭉게뭉게 다르고 또 다르지

나그네여, 두려워 말게나
흰 구름 말 달리듯
뭉게뭉게 뭉게뭉게
뭉게뭉게 옷을 자주 갈아입게나.

* 삼기다: '생기다'의 옛말.

수양꽃복숭아

입 밖에 내지 못한 말 꽃망울 맺었거니

봄비 멎어 연두 신록 꽃 소식 들리거든

꽃사과 산철쭉 안내받아 찾아오려무나

와서는 수양꽃복숭아 춤사위 일렁일 때

떨어지는 꽃망울 망울망울 담아 가려무나

땅끝마을에서

남해여
얼마를 더 헤엄쳐야 합니까
뭍의 꿈 둘러매고
한반도의 끄트머리에 섰습니다

별 무리 일렁이는 수평선
샛바람 부는 뙤약볕 아래
풀어 놓습니다

바람은 고요하고
바다 아래 바다
하늘 밖에 또 하늘

땅끝 탑 꼭대기
초록 꿈을 다시
다시 로그인해 봅니다

보일 듯 보일 듯
일렁이는 하늘길

솟구쳐 오르는
한 마리 초록 갈매기

얼마를 더
헤엄쳐야 합니까
남해여

대마도에서

부산에서 두 시간이 채
아니 되는 뱃길이면
조심스레 와 닿는 섬
대마도
우리는
진줏빛 바다보다
풍성한 녹음綠陰보다도
리아스식 해안의 굴곡미보다도
군데군데 초라히 남아서
동포를 맞이하는 조선 통신사의
빗돌 앞에서
숙연해진다
외로운 넋들을 외로이 놔두고
이즈하라 통신사비를 지나
미쯔시마 만제키 다리를 건너면
외교란 서로의 속내를 감추고
면밀히 조심스레 염탐하는 일임을
우리는 확인하게 된다
외교와 국경의 섬

지금은 일본의 땅
대마도에서

소나무가 된 부추꽃

슬퍼하지 말게나
벌나비 부추꽃 내 생애
호랑나비 9월 꿈이 조금 아쉬울 뿐
초등교육 가마 데운 솔가지였다 불러 다오
코흘리개 아이들의 순진한 메아리를 향해
뿌지직 뿌지직 잘 타는 우직한 솔가지였다고
친구여
뿌우연 흙먼지 사라지지 않는 부추꽃밭
어버이 걸어놓은 과녁에 명중되곤
9월 회오리바람에 뽑힌 화살이었다 불러 다오
한때는 술독에 빠졌던 흰 고무신이었다 불러 다오
친구여
부추꽃 만개하듯 그대들 함께 하고 싶었는데
한 줄기 회오리바람에 내 모든 꿈 내려놓으니
나를
눈시울 적시며 먼저 떠난 부추꽃이라 불러주게나
나 이제 어머니 옆 소나무 되어 그대들의 소식을
배시내 등진 산언덕 바람결에 전해 듣고 있으리니
부추꽃 호랑나비 초가을 꿈이 조금 아쉬울 뿐
서러울 뿐

3부

달의 아버지

붕어빵을 사러 갔다가

닷새 장날 붕어빵을 사러 나섰다. 아무것도 사 오지 말란 아내의 당부가 뒤따라 나왔다.

시장 바닥 보석상 출입문 앞에서 푸성귀 좌판을 펼쳐 놓고 앉아 있는 할머니와 마주쳤다. 이 상추 얼마에요 할머니, 이천 원. 상추가 무척 싼데요, 요즘 색시들은 그 것도 적다고 더 보태달라 하는구마. 이 정구지*는요, 삼 천 원. 돈나물 이건요, 그것도 삼천 원. 두릅이 참 싱싱 하군요, 학교 뒷산에서 따 왔는데 그건 오천 원. 밭이 여 섯 마지긴데 그 가운데 집 짓고 살아요. 웬 밭이 그리 많 지요, 앞집 뒷집 옆집 모두 버린 밭이라 그래요. 모두 부 치기 힘들지 않으세요, 누가 부칠 사람이 있어야지요. 아들네들은요, 모두 부산 서울 나가 살고 없어.

할머니 눈에 묻어나 있는 흰 눈곱이 묽어지려 한다. 할머니, 올해 연세는 얼마 되셨어요, 열여덟에 시집와 일 년에 기제사 일곱 번 지내며, 시어머니 벽에 똥칠할 때까지 보살피며 살아왔네요. 내가 여든아홉, 영감이 아 흔둘이래요. 집에 편안히 계시지 힘들게 왜 이래 나오시 나요, 온종일 영감하고 둘이 앉아 있으면 속에 천불이 나요. 두릅 한 당세기 주세요, 아이고 고맙구마. 많이 파세요, 할머니. 오래 살마 자식들한테 짐 될 거고 일찍 가야제….

보석상 출입문 앞 할머니의 등 뒤로 '금이빨 비싼 가격에 삽니다' 입간판 이 엿듣고 있다.

* 정구지: 부추의 경상, 전북, 충청 방언.

달의 아버지

장날 돗자리 팔아 세간 사고
국밥집 막걸리에 취한 아버지를
중학생이 길잡이 되어 돌아온다
타박타박 걸어오는 삼십 리 길
칭칭이 덤붕*에 이르러, 아버지
길 가는 사람을 여유롭게 붙잡고
이놈이 날 인도한다며 낮달을 띄운다
이른 봄날 동네 사람들
금오산으로 야유회 간다며
취직한 너도 동참하라 한다
초봄 금오산 폭포 아래
소주 한 잔씩 돌리니
동네 사람들의 웃음소리
폭포 소리보다 우렁차다
통일벼 풍성히 익은 가을들녘
논에서 벼를 묶어내다가, 아버지
천석꾼 만석꾼 하면 뭣 하노
사람 하나 바로 크면
사람 하나 올곧게 자라면 그게 제일인기라

들판 너머로 초승달을 띄워 놓는다

* 덤붕: 연못의 경상도 방언

우체국에 가다

그리우면 우편물을 들고 우체국으로 간다.
무성한 느티나무 그늘을 지나
영산홍 꽃길을 따라
좁은 굴다리를 뚫고 공장을 지나면
거기에 우체국이 있다.
우체국엔 고마운 사람들이 그리움과
반가움을 보증하며 우리를 기다린다.
그리움을 맡겨 놓고 우체국을 나서면
하늘에 햇살이 눈부시다.
느티나무는 두 팔 벌려 노래하고
그대로부터 들려오는
싱그런 메아리, 귀가 크게 열린다.
앞산 신록과 더불어 기다리는 것까지
기다림을 쌓아가는 것까지
우리 삶이리니
그리우면 우편물을 들고 우체국으로 간다.

선물 1

하늘과 땅 사이
별만큼 많은 만남
뭇사랑 중
내가 탄 열차 따라
차표 한 장 쥐고서, 우린
멀리 걸린 무지개 보며
달린다

선물 2

해 뜨고 꽃 피는 이 땅에서
늦어 안 되는 일은 없다
강물은 의연히 흐르고 아이들이 자라나느니
가끔 뒤돌아보되 앞으로 가자
모자란 듯한 오늘도, 명석한 어제가 되느니
끝이란 없다, 미래는 늘 우리 편
가자 앞으로

선물 3

멀리서 손녀가
케이티엑스를 타고 온다
플랫폼으로
은하계인 듯, 하늘인 듯
빛이 온다, 번쩍
어서
천도복숭아를 사러 가야겠다

문수사文殊寺*에서

마음이 막혀오는 날
문수사 찾아가면

인생길 굽은 길도
끝내는 뚫리는 거라고

계곡물 어리비친
백화산 봉우리가
소리 없이 일러 준다

너럭바위 물 앞에
정좌해 보면
세상에 힘든 일도
하, 그리 어려운 것
아니라며

계곡물은 산 그림자 품어 안은 채
자밤자밤 앞서 나아간다

가파른 절벽 위
날 세워 버려 선 육신

푸른 바람결에 너울지는
미욱한 육신을
타이르며, 타이르며

* 충북 황간 반야사 내의 절벽 위에 있는 암자.

오이디푸스가 하는 말

지금은 새벽 3시

솟구쳐 오는 자줏빛 파도
침묵하며 갈앉혀도
갈앉혀지지 않습니다

황홀한 미완의 꽃
은하계 아래의 핏빛 상처

스핑크스여
내 눈을 뽑아
뿌리쳐 내던집니다

자줏빛 파도의 상처
태양계 아래선 숨겨지지 않을 것

지금은 새벽 3시

아니마anima

인파의 행렬
행렬은 끝이 없고
당신은 보이지 않더니
둘러봐도, 헤매어 봐도
뵈지 않더니
버스가 종착하는 마을
골목, 골목의 어느 뒤안길
당신의 집이 여기 있었구나
옳아, 여기가 당신의 집
분홍 이불 널린 수돗가
수돗가 수각 옆에
나는 이부자리를 펴고 눕는다
저만큼 이불 밖에서 어머니가 이를 지켜보고 있다
나는 분홍 이부자리 속으로 들어가고 있는데.

바위 품은 여자

나를 사랑하면서도

얼마만큼

사랑하는지를 잘 모르는 여자

내가 그녀를 얼마나 사랑하는지도 잘 모르는 여자

그래도

꿈에서 깨어보면 여전히 나를 향해 있는 여자

낮에 나를 몹시 원망했으면서도

철이 드는 듯

추위를 잘 타는 내게
당신은, 일생 날 데워주는 난로다

빛깔과 육질이 알맞게 익은
당신은, 내 안방 바구니에 담긴 수밀도다

아침잠이 많은 잠꾸러기를
제때 깨우는 자명종이다, 당신은

내 식미를 기막히게 잘 맞추다가도
때론 도마 위에서 날 무참히 난도질하는 부엌칼이다

그 어느 날 내 방석에 남아 있을
보랏빛 장미 한 송이

참꽃처럼

우린 참꽃 떨기
그 옛날
수줍게 설레며, 키 큰
미루나무 한 그루 만났지요.
연분홍 십오 세 가슴들
발그레 발그레
세상은 온통 구름꽃 아지랑이
미루나무 풀빛 메아리로 가득했어요.
그 참꽃 가지들 넝쿨은
울 넘어 큰 하늘로
나래쳐 뻗었어요!
우리들
씨줄로 날줄로 무척이나 바빴어요.
그러다
다시 참꽃 눈부신 봄날
우리 얼굴에 놀란 우리들
그 키 큰 미루나무 찾아
얄쭉얄쭉 달려왔어요.
이제 저마다 꽃밭 하나씩 만들어

언제나 참꽃 향기
속삭임으로
세상 그윽이 채워 갈래요
분홍 향기 차분히
이 세상 물들이며
우린.

낙동강의 민들레

낙동강변 오지 마을
운동장 민들레
반세기를 건너
날아왔구나

바람 나래 타고
구름 나룻배 타고
낙동강을 건너
날아왔구나

그 운동장 둘레에
내가 심은 미루나무
건실히 서 있느냐
봄이면 꽃다지 기지개
여름이면 소쩍새 노래
가을 갈대의 서늘한 몸짓들
여전하냐

반가워라

오늘 너희와 나
여기 함께 있거늘
해와 달을 헤아려
뭣 하리
봄, 겨울을 가려
뭣 하리

나룻배 타고
낙동강을 건너온
민들레

맨드라미 꽃몽아리

냇가의 조약돌 뼈를 깎듯이
난 기다려요, 강 건너 있는 그대
들국화 옆에서 까치발 하고 기다려요, 건너오세요

갈대는 냇가에 은은히 서걱이고
하늘은 잉크빛, 푸른 멍울 들었어요
물꽃 따라오세요, 꽃자리 한켠에서 난 기다려요

단풍은 산마루 가득, 얼굴이 붉어요
가을이 다 가도 잣나무는 푸를 테니
오세요, 맨드라미 꽃몽아리 찾아 발맘발맘 오세요

새벽녘 서울을 떠나다

손자가 자고 있는
서울의 이른 새벽녘에
아파트를 몰래 빠져나온다
나와 네가 있으되
우리가 있으면 아니 되는
코로나19 팬데믹 밀림을
가뿐히 그러나 조금은 외로이 벗어나
한강대교를 건너 나온다
이내 어둠은 사라지고
새날이 밝아올 터지만
나는 서둘러 빌딩 숲을 떠나야 한다
나라 땅 11%의 면적에
절반 이상의 인구가 몰려 사는,
평균 인구밀도 251배의 대도시가 난 버겁다
미명의 서울역 대합실
마스크로 내 얼굴을 가린 채
조식 대용식 하나, 커피 한 잔 뽑아 들고
새벽녘에 서울을 떠나온다

4부

김천역

추풍령

경상과 충청의 경계에서
삶이 바람을 탄다
하늬바람 높새바람
쑥물 드는 바람 고개에
바람아
이승을 훑어지나 어디로 가느냐

찾는 이보다
떠나는 이 더 많아지는
초록 숲 성급히 단풍물 드는 고개
기적 소리 클랙슨 소리에
괜히 성급해지는 우리네 삶
바람아
이 고개 쉬어 넘어 어디로 가느냐

우린 여기서
느려짐이 오히려
안분과 지족이라, 복된 삶이라
운명을 익힌다

바람아
낙원이 어디메, 여기만 할까 보냐

김천역

정 갖고 붙잡아도
갈 사람은 간다
"내비도라"
긴 정 든 사람도 떠나간다

대도시로 간 자식들
옛친구는 언제 오고
먼 곳에 사는 손자는 언제 오나
우리는 오늘도
맞이방에 앉아 커피를 마신다

그러다가 역 광장 소나무에
물 자주 주며
마음 문 열젖히고
열심히 열심히 또 대합실을 찾으니
이윽고 낮달이 무지개 되어
올 사람은 오더라

문득 문득

누리호 소형위성처럼
무궁화호, 새마을호 타고
못 온다던 사람
다시 오더라

그때 우린
오래된 대합실에서
손잡아 반겨 맞으며
"방가바여"
얼싸안고 등 두드린다

황금시장

닷새마다 지례 5개 면에서
푸성귀 과일 알곡이 모여듭니다
증산의 송이버섯 대덕의 잡곡들
구성 양파 조마 감자 지례 마늘들
구름 타고 담쏙담쏙 모여듭니다
장바닥에 엉기정기 들면
고등어 갈치는 부산에서
갈치젓은 제주, 목포에서
생굴은 통영에서, 멸치는 삼천포에서
새우젓은 추자도, 강화도에서
벌써 들어와 있습니다
"머라 캐여" "안 비싸여" "고마바여"
호박 같은 인심과 산꿀 같은 인정 버무려
지폐와 맞바꾸다 보면 해거름이 오죠
"또 다음 장날 바여"
파장하고 탁배기 한잔하면, 노을이 찾아옵니다
이때 우린 생선 사고 약 사 가지고
버스 타고 들어갑니다
"다음 장날 또 봐여"

갈항사葛項寺*

금오산 뒷골을 에둘러
구름 머흔 골
비좁고 험난한 길을
무릅쓰고 찾아와 줘 고맙다
통일신라 때부터
명줄을 풀어
긴긴 역사 지켜왔지만
쌍석탑은 서울로 가고
사리호 사리병은 대구로 간 뒤
소식이 없구나
혁신도시 조성도 좋고
고속철도 건설도 중하다만
내 가문을 묻지 말거라
『삼국유사』가 대변할 거야
금오산 뒷골을 에둘러
보잘것없는 것만
외로 남은, 작은 절터를
찾아와줘 고맙다

* 통일신라시대(758년, 경덕왕 17)에 현 경북 김천 남면 오봉리에 건립
  된 사찰. 갈항사의 내력이 『삼국유사』와 『대각국사실록』에 전한다. 이
  절에 있던 쌍삼층석탑은 국보 제99호로, 석조여래좌상과 금동사리병,
  청동호 등은 보물로 지정돼 각각 국립중앙박물관과 국립대구박물관
  에 가 있다.

직지천直指川

황악산 계곡에 탈의해 두고
김산 들녘을 휘둘러
삼한대처 김산벌의 곡식과
참붕어와 황새 떼
억새와 개망초꽃에
젖을 물린다
어둠이 내리면
도시의 소란을 보듬으며
추풍령 아래 김산벌
보름달이 전하는 밀어를
은빛 실타래로 풀어낸다
우레와 패랭이꽃
구름과 꾀꼬리들이
세상에 못다 푼 과제를
나직이 청록빛 편지로 노래한다

감천甘川

백두대간 우두령
너더렁 상탕에서 태를 갈라
대덕 지례
고을고을에서 몸집을 불린다
사나흘 뒷면 물빛
푸러 청청 몸피가 불어
황톳빛 두루마기
대엿새 뒤면 청록 도포를 휘날린다
그 옛날 임진왜란 적에
피 묻은 화살과 돌멩이들
민초의 사연들의 쓰린 속내에도
지례 구성 들판을 좋이 살찌우고
감천 조마 양파와 감자를 옹골지게 부풀린다
먼 남해에서 소금배 생선배가 올라와
닷새마다 장을 세우고 풍악을 울린다
팔방 도처의 힘 센 남정네들 모여들어
냇바닥 한가운데 황송아지 세워두고
물길 돌려 천하장사 씨름판을 열었다
이윽고 개령 들판에 들면,

까마득한 삼한시대
옛 감문국 전설을 풀어놓고
빗내농악 울려 열두 발 상모를 돌린다
원수 수질 1등급 맑은 물
모래무지 송사리 청둥오리 왜가리들
철철이 불러 모아, 사람들이
집 짓고 공장 세워 물맛 젖어 산다

매계梅溪* 옛집 가는 길

맘 스산할 땐
봉계**에 가볼거나

마을 어귀 정자나무
실개천 따라 걷노라면

사철 헹궈 흐르는 개울가에
학 같은 노시인***의
배춧잎 씻던 어머니를 향한
물빛 노래 들으리

마을 서쪽 배밭을 지나
극락산 이르면
나라말 갈다듬어
조선의 노래밭 터를 넓힌
매계의 옛집에 들르리

낙락장송 숲속
고인의 노랫소리

대숲에 맴돌고
매화 향기 은은한,
잘 닦인 거울 하나 나를 비추리

맘 스산할 땐
봉계에 가볼거나

* 조선 단종~연산군 때의 문신, 학자 조위(曺偉)의 호. 매계는 중국 두
  보의 시를 우리말로 번역한 「두시언해」를 탄생시킴으로써 한글 시문
  학의 싹을 틔웠다. 한국문학 최초의 유배가사 「만분가(萬憤歌)」를 남
  겨 우리 가사문학의 지평을 넓혔다.
** 경북 김천시 봉산면 인의동의 별칭.
*** 시조시인 정완영(鄭椀永 1919-2016). 호는 백수(白水), 김천 봉계
  출신의 현대 시조시인. 대표작으로 「분이네 살구나무」(초등학교 교과
  서), 「부자상(父子像)」(중학교 교과서), 「조국」(고등학교 교과서) 등이
  있음. 이 마을 입구에 그의 시비와 개울가에는 시인이 손수 세운 사모
  비(思母碑)가 있다.

직지저수지

왁자지껄할 상대 피해 앉았다
한 세상 살며 어찌 할 말을
다 하고 살 수 있으랴
말다툼 상대 멀찌감치 두었다
세상 살며 어디 말 아니 하고
살 수 있으랴만
통하지 않는 말, 해선 소용없는 말들
쏟아낼 곳 바이 없구나
고독이 발꿈치에 달려와 소리쳐도
너스레 않고 나서지 않으리라
잔뜩 붉거져 맘껏 내뱉고픈 말 있지만
안으로 안으로 챙기며 산다
이윽고 밤이 오면
황악산 괘방령 긴 발치에
머리끝까지 쌓인 말들의 혼령이
새록새록 별 떨기로 솟느니라
경부선 열차 굉음 귓전에 스쳐 가거니

청암사

머얼리 가야산 묏부리
구름 위에 떠돌고
수도산 푸른 정기 에둘렀다
하늘인 양 땅인 양
하늘과 맞닿아 앉았다
억겁의 바위 위에 어이하면
푸른 이끼
푸른 이끼가
수천 년 불심 벼리며 사는가
와서 보니 알겠다
서인 된 왕후의
기도 끝 이룬 소원*
사임당이 율곡을 낳은 사연**도
청암사에 와 보니 알겠다
몇천 년 신비와 수백 년 전설이
고달픈 마음, 지친 몸을 다스려주는.

* 조선 숙종 때 장희빈으로 인해 폐위된 인현왕후가 이곳 청암사 보광전에 숨어 기도한 끝에 복위됨. 조선 말기까지 왕실의 상궁들이 이곳을 지나며 들러 염불과 기도를 하고 시주함.

** 청암사 극락전은 일찍이 아들이 없던 신사임당이 전국의 명산대찰을 순례하며 불공을 들이다가, 이곳에서 병든 무의탁 노승을 만나 정성껏 간호한 곳이기도 함. 노승이 마침내 타계, 사임당은 법신을 정성껏 다비한 후 고향에 돌아가 얼마 되지 않아 태기가 있어 출산을 하니, 태어난 아이가 율곡이었다는 전설이 있음.

황악산길

소백준령 잠시 숨 멈춰
황악이 날개를 펼쳤다
산 겹겹 어깨 너머로
서쪽 하늘 베일을 벗고
나무는 나무끼리
하늘의 뜻을 가늠하고 있다
천년 노송 숲길 따라
발맘발맘
뉘우침도 바래며 걸어가면
직지사 반겨 맞는다.
솔향기 목탁 소리에 귀를 씻으면
풍경소리 쑥국새 노래에
별 떨기도 얼굴을 씻는다

고성산 약물내기

덩굴풀 헤집고 쏟아지는 계곡물
초등생 시절, 피부 몹시 가려우면
어머니가 도시락을 싸주며 뒷집 누나 따라
물맞으러 가라 했다, 5리를 걸어 열차 타고서
고성산 약물내기 청정수는
나와 누나의 반라에 쏟아지는
가려운 것 잡된 것을 시원히 씻어줬다
반라의 몸으로 물을 맞는 여자의 몸을 보고
처음으로 불끈하는, 남자의 에너지도 가르쳐줬다
가려운 곳, 물맞아야 할 일 좀체 사라지지 않는 세상에
고성산 약물내기 청정수는 혼자서
비좁은 바위틈 지나 덩굴풀을 헤집고
세상의 더러운 것 쓸어내 보겠다고 혼자서
힘에 부쳐도 쏟트러진다 쏟트러진다

은림리 隱林里 *

왕버들 푸른 숲 앞치마를 두른 마을
흙 내음 풀 향기 마음 심어 놓은 곳
동구 밖 정자나무 손을 잡던 사람들

개나리 반겨 맞는 남향받이 작은 마을
싸리꽃 지고 나면 아카시아꽃 피어나고
아카시아꽃 지고 나면 참깨를 심던 마을

밤이면 참외밭 원두막에 돋던 푸른 별
오늘도 연연한 감문천 지켜보고 섰느니
아스팔트길 솔씨 물고 찾아오는 참새들

* 김천 감문면의 한 마을. 마을 앞을 은은한 숲이 가리고 있음. 이 마을
  앞으로 감문천이 흐른다.

면사무소 터를 지나다가

글이 달다는 감문면甘文面
예가 옛날의 면사무소 터였지
두 개의 면을 하나로 합친
여기가 그 옛날 면 행정의 중심지
흰옷 입은 고무신들이 분주했지
승용차를 세우니 송덕비가 안내한다
친구의 조부가 초대 면장을 했다고
비석 뒷면에 일본어 이름도 새겨 있다
필체 좋은 우리 큰아버진, 오래도록
호적계 서기를 하고, 뒷날 면의원을 지냈지
큰아버진 필체가 인쇄체, 면 내에서
글씨 쓸 일 있으면 뽑혀 다녔지
옳아, 도로명 주소로 분장을 하는 이 집
이 집은 근필이네 집
아니 그 옆집이었나
뒷밭에서 새봄을 맞아
살구꽃, 앵두꽃이 나를 반겨준다
까마득하여라, 그 옛날
동네 연못에서 누가

스케이트를 타다가 익사를 했댔나
병주도 중겸이도 광춘이도 이 마을에 살았지
얼굴 모습도 흐릿한 영선이 해선이도
또 아무개 선생님도 이제 보이지 않는다
글이 달다는 감문면

원효대사*

1

압량 불지촌 율곡 사라수娑羅樹 아래
오색구름 감도는 새벽녘에 나토아
이 땅에
부처의 광명을 빛나게 하다.
밤나무 곁 사라수, 불지촌 초개사,
분황사의 꾀꼬리 귀 열고
담벼락 살구꽃 연붉게 타고
알천 버들잎이 푸른빛 깨우치는 날
마음은 재조**있는 환쟁이
한 길로 생사를 벗어나
세상을 새로이 빛나게 한
동방의 하늘 아래 새 손님

2

뒤웅박은 만가萬街의 바람을 겪었다
"누가 자루 빠진 도끼를 내게 주려나

내가 하늘 떠받칠 기둥을 깎아 볼 텐데"***
분황사 신록이 하늘 가득
요석궁 홍모란이 불타오르는 날
들어가는 바 없으면서도
들어가지 못 하는 바도 없는 것
그냥 그대로 그냥 그대로
달 밝은 요석궁에서 깊은 봄잠 이루었네
둘은 유화해도 하나가 아니요
파괴됨도 없고 파괴되지 않음도 없음일세
아 떠날 것 없는 고로, 떠나지 않을 것도 없느니라

3

문 닫은 분황사에 찾는 그림자들 비어
분황사 떠나 나선 방랑길
벗어난다 벗어난다
바다 같은 누리, 허공 같은 누리
나루 없는 바다를 노 저어 건너
사다리 없는 허공에 날개를 퍼득인다

"모든 것에 거리낌 없어야, 생사에 편안함 얻느니"
****

서라벌 아씨네들 더벅머리 총각들 거랑방아도
뒤따라 춤추고 노래하고 합장한다
아 건널 만한 나루 없고
들어설 만한 문도 없도다

* 『삼국유사』 권4 원효 편, 『진역화엄경소서』와 이광수의 소설 『원효대
　사』에서 모티브를 가져옴.
** '재주'의 옛말.
*** 원효가 서라벌 거리에서 부르고 다녔다는 노랫말. '자루 빠진 도끼'
　는 중매인의 비유. 무열왕이 이 말을 전해 듣고 요석궁의 과부 공주를
　이어 주었다 함.
**** 원효가 불렀다는 「무애가(無碍歌)」에서.

별것 아닌 하루가

종로에서 백석 시인을 만나고
횡단보도 건너다가 어라 정동대감* 뵈옵는다
인사동에 들어 명심보감 한 권
전신을 비추는 거울 하나 줍는다
조계사 가는 길목에서
떠돌다 병든 이, 장애 친구는 또 누구랴
고종황제 아들의 집, 옛 한성부 관아 터를
스쳐 지나는데 나라에서 가장 큰 서점 앞
발길 머무는 곳에서 횡보**가 소설을 권한다
덕수궁 미술관에 오니 옳아 이중섭이 벌써
100세가 되어 있군
별것 아닌 하루가
보잘 것 없는 하루가 쌓이고 쌓여
박물관이 되고 역사가 된다

---

* 조선시대 유학자, 정치철학자 조광조(趙光祖 아호 靜菴 1482~1519)
  의 택호. 중종반정(1506년 연산군 12) 후 조정에 출사, 유교적 이상
  정치를 현실에 구현하려 급진적 개혁을 추구하다 사약을 받음.
** 횡보(橫步). 소설가 염상섭(廉尙燮 1897~1963)의 호.

미래에서 전하는, 물고기별 전설

김 선 주(문학평론가)

1

그리스 신화에서 시인 오르페우스가 부르는 황홀한 비탄의 노래는 제우스마저 홀린다. 제우스는 오르페우스의 아름다운 현악기 리라로 밤하늘에 별자리를 푼다. 갈기갈기 찢기고 나서야, 사랑하는 에우리디케와 다시 만난 시인 오르페우스의 서정이 하늘가에 흐른다. 현실의 테두리 너머 어디쯤 흐르는 저승의 '외부성'은 탄생과 죽음을 한자리에 모은다. 죽음이란 언젠가 떠나온 곳으로 되돌아갈, 세상과 나누는 최후의 충격이다.

시인은 세상의 부조리와 충격파를 신랄하게 포착함으로써, 고달픈 일상의 바깥을 노래 부른다. 결코 무너뜨릴 수 없는 권력의 세계에서 바깥을 동경한다. 그는, 뭇 존재가 기어코 돌아갈 향수 어린 장소를 시 세계의 중심으로 삼는다. 이를 우선 세상의 '야만'과 '전설'로 불러본다. 민경탁의 시에는 세상의 야만과 전설의 '동시성'이 나타난다. 서로 다른 주체 혹은 머나먼 시공간이 한자리에 결집한다. 현실은 잃어버린 원형의 요람이다. 시인은 현실의 표피를 가르고 끝없이 이어지는 미지의 징후를 따라 이미지를 불러내 온다. 시 쓰기는 초혼招魂의 풍경 혹은 부조리와 성소를 경계 짓는 제의적 행위다. 이제 현상 너머에서 유령처럼 떠도는 근원의 시어들이 소환된다. 시인의 시적 논리 지평에선, 싱클레어의 두 세계[1]로부터 느끼는 불가항력이나, 뫼르소[2] 혹은 시지포스[3]가 마주한 운명론적 부조리가 같은 맥락에 놓여 있다. 살아있으려면 불가피한 고뇌의 절대성과 은밀한 향수의 잠재력potential은 그의 시 세계를 이루는 꼭짓점이 되어 있다.

하늘에 해가 떠 있다
강변에 해오라기가 놀고
강변로에 자동차가 달리고
있다
강바닥 크레인 안에
달리는 자동차 속에 사람이

---

1) 데미안, 헤세.
2) 이방인, 카뮈.
3) 시지포스의 신화, 카뮈.

들판엔 일하는 농부가
바다엔 고기 잡는 어부가
있다
웃는다 화낸다 운다 노래한다
논밭에 곡식이 자라고
길거리에 삽살개가 다니고
창공엔 전투기가 활공한다
사랑에 취한 아가씨가
카페에서 즐거워하고 있는데
전방에서 병사가 총을 들고 서 있다
있다

—「있다」전문

　야만과 전설 및 부조리의 시원 '동시성'은 현실과 일상
의 '동시대성'을 내포하고 있다. 시인은 현실성과 일상성
을 나누는 시적 논리를 보인다. 그의 시에서 현실은 우
리 이웃이나 지구촌 곳곳에 벌어지는 야만의 참상으로,
일상이란 화자가 느끼는 온갖 체험의 장으로 나타난다.
불안이 서서히 고개를 들게 되기까지 일상은 고요하다.
하지만 졸고 있는 의식을 깨워 고요한 순환성을 거스를
때 시적 화자의 치열한 모럴 감각은 작동한다.
　현실을 가린 일상의 최면을 거두자 불안이 엄습한다.
시인은 은폐된 야만의 자취를 발견한다. 즉 '있다'라는
표현으로 커튼을 하나씩 젖히며, 현실의 고현학考現學적
알레고리를 발굴해 보이는 것이다. 커튼에는 각각 하늘

과 태양, 강변과 해오라기, 강변로와 자동차 그리고 사람, 강바닥과 크레인, 들판과 농부, 바다와 어부의 풍경이 그려져 있다. 존재가 풍경 속에서 웃고, 울고, 화내고, 노래한다. 커튼을 하나하나 넘기자 "전투기"와 "병사"와 "총"이 드러난다.

동시대성과 동시성은 바짝 연결된다. 온갖 희로애락의 일상과 밀리터리 심상의 '동시성'은 지난 세기의 뼈아픈 역사를 추체험의 장으로 불러옴으로써 아직 끝나지 않은 비극을 환기한다. 예민한 인식은 '동시대성'을 강화한다. 시인은 일상에 가득한 괄호(익숙함. 권태 등) 속을 불안의 기표로 채운다. 병사나 총의 실존은 지난 세기의 전쟁, 사라진 실제로 보충된다. 그러나 현실은 아무도 전쟁을 직시하지 못하고 있다. 대중 앞엔 갖가지 예쁜 화풍을 수놓은 커튼이 펄럭일 뿐이다. 일상과 비일상의 병렬식 구조가 너무나 당연하게 일어나 아쉽다. 시인은 이 아이러니를 깨닫고 '세기와 세기의 동시대성'을 '지금 우리의 동시대성'으로 확장해 내보인다.

지리산 아랫마을에
진홍 매화 망울 튼다

나토와 바르샤바조약기구
경계에 있는 우크라이나를
러시아의 포병대와 미사일 부대가

전면적으로 공격한다

미사일 공격, 사이버 공격
드론 공격에 수많은 사람이
다치고 죽거나 집을 잃는다

나라와 나라 간의
경제와 환율이 휘청거린다

수백 년 고목의 가지 위에
북에서 날아온 참새 한 마리
무겁게 내려앉는다

지리산 아랫마을
홍매화 향기
은은히 담장을 넘는다

내 몸이 심하게 가렵다

—「옻」전문

　　낯선 나라가 거리를 좁혀 온다. 진홍빛 매화가 꽃망
울을 터뜨려 "은은히 담장을 넘"을 때, "나토와 바르샤바
조약기구/ 경계에 있는 우크라이나"로 온갖 폭음과 아우
성이 넘나든다. 시인은 공감각으로 독특한 시적 논리를
펼친다. 은은히 퍼지는 "홍매화 향기"와 "미사일 공격,

사이버 공격/ 드론 공격"을 뒤섞어 시 전체에 혼혈의 시어를 흘려보낸다. '꽃향기'와 '폭발음'을 무리 없이 잇는 시 「옻」의 비밀은 존재의 성질에 들어 있다. 옻에 깃든 우루시올이란 성분은 항암에 큰 효과를 지닌 동시에 생명까지도 앗아갈지 모를 부작용을 보인다. 대부분 발진 發疹과 열병에 그치는데, 이러한 옻의 속성이 평화를 표방한 양국의 전쟁 이데올로기와 엇물려 있다. 평화와 정의 그리고 자유를 수호하기 위한 숙명적 투쟁으로 국민이 치러야 할 열병이 참혹하게 그려진다.

시 「옻」에서 '느낌'의 총체 혹은 '공감각'은 하나의 '시공간성'으로 거듭난다. 즉 "지리산 아랫마을"과 "우크라이나/ 러시아"가 한데 어울린다. 시인은 "북에서 날아온 참새 한 마리"를 바라보며 분단국가에 사는 갈라진 우리 민족 시공간성의 일체화까지도 점쳐본다. 이른바 커튼 너머의 시대성을 당장 피부에 느끼며 서슬 퍼런 시대정신으로 실천적 글쓰기를 선보이는 것이다. 앞의 시에 나타난 동시대성이 위의 시에서는 공감각을 통해 예리한 시공간 의식을 낳고, 의식과 형식을 유기적으로 엮고 있다. 현실의 야만성을 들춘 풍부한 시적 구조가 신랄하게 전개되는 것이다.

시인에게 시 쓰기란 감각을 창조하는 일이다. 오감의 지평을 새로이 개척해 현실과 정신, 실재와 관념을 잇는 튼튼한 얼개를 구성하는 일이다. 머나먼 세상의 가려움증을 당장 내 피부로 느끼는, 풍부한 공감각의 장이 보인다. 시인은, 시가 전언의 기능을 넘어 휴머니즘적 사유의 한 형식임을 환기하게 한다. 민경탁의 시들은 가려진 야만의 시대상을 열어 보이는 노크 소리다. 차분하게 진실을 두드리는 또렷한 가락의 효과가 실로 크다.

2

그 진실의 노크 소리는 치유의 언어로 반향反響 되고 있다. 시인이 황막한 현실에 시로써 단비를 뿌리고 있기 때문이다. 현실이 강제한 존재론적 갈증을 시로 어루만지고 있다. 민경탁의 시에서 '바다'의 이미지는, 반복해서 나타나는 치유의 장소로 해석된다. 그 바다에는, 언젠가 다다를 지복의 시공간을 향해 쌀쌀한 현실을 가로지르는 주체들의 삶이 녹아 있기 때문이다.

시 「윤슬」에는 물결 하나하나에서 삶의 동태를 발견하는 시적 상상력이 돋보인다. 그 동태가 최후의 장소로 헤엄쳐 나가는 여린 낱낱의 존재성을, 일상의 사소함을 본능과 생의 장엄함으로 드높여 주고 있기 때문이다. 이는 시 쓰기의 미적/ 윤리적 당위와도 이어진다. 한 편의 시란 낱말의 총체이며, 글자들은 시가 됨으로써 비로소 "반짝 반짝 반짝" 빛나는 "낯선 별"로 승화되기 때문이다. 민경탁에게서 시는 '바다'이며, 시어들은 이를테면 '윤슬' 혹은 '생의 몸짓'이라 할 수 있다. 그에게서는, 빛나는 곳에서 존재의 활동이 나타나 보이는 우주처럼, 바다라는 원초적 심연의 장소를 향한 윤슬이란, 생을 찾느라 반짝이는 고군분투가 되기 때문이다. 생은 반짝임에서 영원한 빛으로 전환하기 위해 나아가는 기나긴 여정, 존재의 "금빛 꿈"이자 "은빛 투혼"(「윤슬」)이다.

이처럼, 민경탁의 시에서 동시대성과 시공간성은 '영원성' 혹은 '불멸성'으로 확장되고 있다. 동시대나 공감각은 타자를 나로서 느끼는 일, 나와 너의 일체화를 가리키는 다른 말이기도 하다. 동시대성이나 공감각적 시공간성이 바다의 '일의면' 혹은 '일체화'의 속성으로 상승하고 있다. 민경탁의 시 세계에서 영원과 불멸은 원대한 타자와 하나를 이루려는, 존재의 확장을 가리킨다고 하겠다. 그 원대한 타자란 존재가 자아의 깊은 자리에 뿌리내린 시원적 공간이다. 존재는 태초에의 향수를 지니는 바, 독자는 인류나 인간 본성으로서의 고향 회귀 의식을 발견할 수 있다.

멀리 있어도
가깝다
푸르고 푸르기에
깊이를 잘 모른다
뭇 생명의 아기집
에덴동산으로 다시
돌아가진 말라
밤낮 구별 없이

속 깊은 동굴을 안고
촉촉이 젖어 있는 늪이다
은은히 가려 있는 숲이다
정체를 잘 모른다
프로이트 박사에게
물어볼까
가까이 있어도
멀다

—「바다」 전문

　바다는 숱한 '윤슬'이 모여 구현되는 대타자적 시공간
이다. 윤슬 혹은 물결은 서로에게 상처 줌 없이 관통한
다. 이러함이 민경탁의 시에서는, 상처를 내고 경계 짓
는 현실의 '연합'과는 대조적인, 진정한 '화합'의 알레고
리가 되어 있다. 서로를 투영한 동시에 끊임없이 흐르고
흘러 광활한 존재의 지평을 이루는 … . 그래서 그 바다
에서는 존재들이 머무는 신비의 "늪"이자 "숲", 그 "속
깊은 동굴"로부터 영원한 지복의 노래가 울려온다. 바다
는 "뭇 생명의 아기집". 밤도 낮도 없이 그저 심원한 어
둠이 순수하게 존재를 품고 있다. 이에 시인은 동경의
언어로 신화적 시공간성을 불러일으키는 것이다. 바다
가 존재를 품듯, 태초의 언어는 삭막한 현실을 품고자
한다. 이렇게 시인은 도무지 긍정할 수 없는 이기적 현
실을 전설 혹은 신화의 언어로 어루만지고 있는 것이다.

그 신화와의 조우와 시원적 언어 체험은 비현실성을 동반하고 있다. 시인이 근원에 대한 회귀 의식을 현실 위에 올려놓고 있기 때문이다. 그는 현실과 관념의 '접점'에서 치유의 지평을 모색한다. 존재끼리의 '관계성'으로 접점을 구조화한다. '별'은 시인이 사물을 바라보는 시적 태도를 보여주는 이미지다. 그에는 시인과 사물의 관계성이 내재한다. 시 「바다」는 현상학적 환원의 '바다' 메커니즘mechanism으로 형성돼 있다. 사물들은 정신에 의해 생명을 획득하고, 세상은 인간의 생명을, 정신은 이미지를 기른다. 일상이란 인생의 생산지이며 정신은 이미지의 생태계 아닌가. 인간과 이미지는 각각 세상과 마음속에 우연한 내던져짐을 당해 있다.

낯선 별 하나

수성 금성 화성 목성
토성 천왕성 해왕성

아닌, 지구 위에
태어났구나

무변 우주 천체 중
기어이 여기 찾아온 너
어디서 본 것도 같애

이 세상 어디 있으나 네가
잘 보인다

큰 땅 위에
새 하늘 열려

희망이 알맞으면
화평이 함께 하고

몸이 수고로운 만큼
세상은 빛날 거야

어느 머언 날 네게서
또
붙박이별 생겨나리

천운의 붙박이별 하나

—「붙박이별 하나」전문

　광대무변한 우주에서 맺어지는 관계란 수많은 천체 중
"기어이 여기 찾아온 너"와의 "천운"이다. 우주뿐 아니라
탄생과 윤회를 넘나드는 영겁의 시간 어디쯤에서 서로
를 만나는, 무시무시한 기적이다. 민 시인은 관계를 신
비와 기적으로 여기며 소중히 다루고 있다. 한 사람, 한
사람의 만남이 모여 화음을 이루는 관계로서 "이 세상

어디 있으냐", 어떠한 상황에서나 타자('너')를 잘 헤아리는 진실함을 잃지 않으려 한다. 시 「붙박이별 하나」에서 지구와 별, 하늘과 자아가 형성하는 시적 구조는 이러한 관계성의 원형 이미지를 지니고 있다. '나'는 '너'에게 최선을 다하여 삶을 이어가려는. 그러하기에 그는 '희망이 알맞'아야만 세상의 '화평'을 이룰 수 있을 것이라 갈파한다.

이 세상에서 서로서로를 잘 헤아리는 일은 서로에게 존중과 배려를 보이는 것에서부터 출발 한다. 별이 자기의 '낯섦'을 벌거벗고 다가가 친해지려 들면 그것은 관계가 아닌 침략일까? 진실한 관계는 삶을 바꿀 것이다. 진실한 관계가 모여 현실을 채울 때 세상 전체는 바뀌는 것이다. 오늘 별 하나가 나타나면 더 이상 어제의 밤하늘이 아닌 "새 하늘"의 세상이 된다. 아주 희미하고 작은 움직임부터 세상의 변화는 시작되는 것이다.

이처럼 민경탁의 시에서는 '바다'와 '하늘' '윤슬'과 '별'이 오버랩하면서 신화적 언어가 현실을 어루만지는 시적 응집력을 발견할 수 있다. 그 시어들은 빛의 직진성을 보이고 있다. 그러다가 근원으로의 일방향으로 현실 너머의 존재론적 고향을 갈망하는 것으로 보인다. 그 방향성은 액체에서 고체로 전환한다. 이는 결국 필멸의 존재자가 꿈꾸는 불멸의 삶, 혹은 영원한 세계로 다시 재전유되고 있다. 순간의 떨림과 찰나의 화려함을 벗고 영원히 빛나려는, 생에 대한 원초적 본능이 민경탁의 시 세계에 한

층위를 담당하고 있는 것으로 보인다. 이를 '윤슬의 미의식' 혹은 '반짝임의 시 의식'으로 호명하고자 한다. 이제 이러한 반짝임의 구체적 몸짓과 조우해 보자.

3

우주의 위와 아래는 어디일까? 정녕 끝이 우주에는 존재할까? 우주 저편에는 광대무변한 빛의 지평이 펼쳐져 있는 것 아닐까? 지구가 서 있는 캄캄한 우주와 달리, 저편에는 너무나 눈부신 새하얀 빛의 평원이 펼쳐져 있을 것이다. 아니 하얀 별 대신 까만 별이 떠 있을지도 모른다. 우리 선조는 빛나기 위해 그곳에서 이곳으로 유랑을 온 것 아닐까? 그래서 우리 DNA는 빛의 평원을 영원히 그리워하나 보다. 지구와 태양이 공전하고 자전하듯, 차원과 차원 또한 서로 공전하고 자전할 터인데 여기 기약 없는 한밤중의 우주에서 우리는 저편의 기나긴 아침을 꿈꾼다.

이는 원자와 전자의 관계를 보며 떠올려 본 우주에 대한 상상도이다. 원자와 전자 이론에 따르면 존재란 무척이나 경이롭고 신비한 것이다. 아마도 우주의 입자들은 빛에 대한 본능을 따르는 작은 애벌레일지 모른다. 입자들은 이동 혹은 행동의 빛을 일으키기 때문이다. 우주를 보면 천체가 모인 곳은 환하고 그 외에는 매우 캄캄하다. 이는, 존재하는 것이 무릇 중력 아래 활동하기 때문이라고 한다. 존재는 곧 행위인 것. 입자들이 시공간을 기어올라 서로 뭉치는 것은 아마도 작은 빛에서 더 큰 빛을 꿈꾸기 때문일 것이다. 인간, 생명 그리고 사물의 정체는 바로 이러한 빛을 욕망하는 존재들의 혈맹인 것이다. 원자가 전자와 맺은 맹약에 의해 허허벌판으로부터 현존은 수락된다고 한다. 세상의 모든 주체와 타자는 빛을 따른다고 한다.

민경탁의 시 세계에서는 사물의 속성이 쉴 줄 모르는, 끈기 어린 삶의 확장으로 나타난다. 쉴 새 없이 빛을 창안하는 '활동'의 언어가 발견되는데, 이는 다시 '버팀'의 시학을 구현해 내고 있다고 볼 수 있다. 삶이 세파를 견디는 것으로 나타나기 때문이다. 그의 시에서 '물'이나 '벼꽃'이란 존재는 '윤슬의 미의식—반짝임의 시 의식'이라는 관념의 구체적 형상이라 할 수 있다. 이 주체들은 가엾고 연약한 삶을 이어가는데, 시인은 이 작은 풍경에서 세상이 바뀌는 타이밍을 포착해 낸다.

산기슭에서 제 몸 썩혀
잎과 나무와 꽃을
불러낸다

고을고을 내를 이뤄
작물에 젖을 물리고
가축들을

살찌운다

그러다 넘실넘실
몸피를 불려
세상의 체액이 되고
아름다운 풍광을 만든다

낮게 낮게 흘러
식수가 되고
공업용수가 되고
지평을 뒤덮는 홍수가 되고

종국에는 모두
한 몸이 되어
이루는 큰 바다

바다는 훌훌 벗고
하늘에 올라
비와 눈 되어 돌아온다

— 「물의 천칙」 전문

　지구촌 여러 곳에서 장차 물이 부족할 것이란 예고는, 앞으로 닥쳐올 시련의 징후일진 데도 대부분이 방심하고 있는 것 같다. 인간의 몸은 65%의 물로 이루어져 있어, 매일 1~2리터의 수분을 섭취하면 건강하게 신체가 유지된다고 한다. 물이 부족하면 신체 내의 모든 작용은 정체된다. 살갗은 어두워지고 거칠게 뜬다. 장기와 신체 내의 혈액 순환은 느려진다. 머리털이 빠지게 되고 당장 몇 가닥만 뽑아보아도 참혹한 몰골이 되는 것이다. 신체의 생리는 우리 세상 대지의 생리와도 똑같다. 가뭄이 오면 농작물은 마르고 이는 심각한 식량난으로 직결되지 않던가. 이렇게 물은 사람에게도 대지에도 온 세상에도 큰 은혜를 베푸는 데도, 인간 삶을 지탱하는 기둥인데도 낭비되고 있는 것 아닌지.

물은 만물의 근원이요 그 순환은 문명 발달의 원리다. 물은 그저 "낮게 낮게 흘러" 세상을 어루만지고 지구상의 사물과 생명을 깊이 품는다. 조용히 세상을 둘러보며 속속들이 삶을 일으키는 물의 천칙은 경이롭지 않은가. 물은 저를 희생해 "잎과 나무와 꽃을" 소생시키고, "가축들을/ 살찌"우며, "아름다운 풍광"과 "세상의 체액"이 되고 있지 않은가. 그런데도 우리는 물의 진정한 위대함을 볼 줄 모르고, 물을 버리는 것같이 쓰고 있지는 않은가. 천상과 지상을 넘나들며, 세상의 온갖 불행과 고난을 초월하는 물의 '천칙'을 대부분의 사람들은 너무나 당연한 이치로 여기고 있는 것 아닌가. 물의 겸손함이 세상을 움직이고, 물이 촉촉이 흘러간 자리에서 생명이 거듭나는데도 말이다.

'벼꽃'은 쌀의 징후이며 증거다. 민 시인은 이런 연약해 보이는 '어린 자아'를 통해서도 세상의 큰 변화를 형

상화해 낸다.

연초록 껍질이 벌어지면
새하얀 수술이
고개 내밀어 성사되는
소박한 정받이
껍질 열려 불과 한 시간 만에
닫히며 나는 다시 태어난다
입추와 말복의 언저리에서
두 번을 살며
태양 아래에서 화려함을 누린다
농부들의 힘겨운 사랑 덕분에
마침내
만민의 명줄을 이어주는 밥이 된다
누세를 이어내는 먹이
인류의 명줄
대대를 내려오는 생명의 기운
세세연년 구축하는 탑의 원석이 되는
순간의 이 아이러니 난 기꺼워라

—「벼꽃」 전문

"새하얀 수술"과 "연초록 껍질"은 소박하지만 "만민의
명줄"을 담보할 만큼 위대하다고 보고 있다. 국민이 있
어 국가가 지탱되듯, 소박한 꽃 한 떨기가 있기에 세상
은 생동한다고 관찰하고 있다.

민 시인은 이러한 '벼꽃'의 작은 떨림과 "속도에 취한 무쇠의 야수들"(『무쇠의 야수』)을 대조시키기도 한다. 야수들의 '변화'를 "거친 식욕"과 "속력의 경쟁"에 의한 물리 법칙으로 나타내는 반면 벼꽃의 "소박한 정받이"와 '변화'를, "대대를 내려오는 생명의 기운"으로 지켜봄으로써 창조적 운동성을 나타내 보인다. 괴수의 탐욕은 매우 쉽게 세상을 움직여 오히려 질서를 흩트리고 후퇴시키지만, 벼꽃에 깃든 사랑은 "농부들의 힘겨운 사랑 덕분에" 가까스로 열리는 축복, "세세연년" 인류의 역사를 구축한다고 보는 것이다.

　민경탁의 시에서 '물'과 '벼꽃'은 우리가 일상에서 놓칠 법한 삶의 원리를 내포한 주체가 되고 있다. 시인은 시를 통해 희생적 주체가 발화하게 하여 '윤슬의 미의식— 반짝임의 시 의식'으로 삶의 구체성을 드러내 보여주고 있다. 그의 시에는 작은 떨림이 큰 세상을 바꾸는 전설적 언어가 빼곡하게 펼쳐져 있다. 본디 사람은 큰 뜻을 품어야 한다고 어느 성현이 그랬던가? 본바탕이 가여운 미물일지라도 내부에 품은 뜻이 크고 튼튼하다면 그는 결코 연약한 존재가 아닐 것이다. 작은 이파리로 "하늘을 떠받"(『동백꽃』)치는 동백꽃을 보라. 하늘을 우러러 어깨를 활짝 편 기상이 참으로 당당하지 않은가.

　시인은 내부에 조용한 빛의 활동을 간직한 긍정적 주체가 발화하게 함으로써 엄혹한 현실에 대한 방어 포즈를 취한다. 모든 행동하는 존재는 빛을 뿜는다. 행동이란 사유에서 발현하는 것. 빛의 밝기는 사유의 체제에서 비롯되는 것 아닐까. 입체와 심층이 드넓어질수록 사유의 체제는 아름다워진다. 지상의 생명은 모두 저만큼의 아름다움을 지닌다. 태초에 말씀이 있었다고 성경에 기록하였다. 언어는 바로 사유의 궤적이 아닌가.

민경탁은 시로써 윤슬의 존재들이 모이는 원형적 장소를 구현해 냄으로써 자신의 시 세계에 짙은 고향 의식을 담아내고 있다. 고향으로의 회귀 의식은 인간 혹은 생명이 타고난 존재론적 심성의 발현이다. 민 시인은 토포필리아를 통해 시린 시대의 참상을 긍정 어린 무대로 전환해 낸다. 그의 시 세계에는 원형의 바다를 헤엄치는, 헤아리지 못할 수많은 물고기별의 서사가 놀고 있다. 앞으로 도래할 태초의 전설이 깃들어 있다고 할 수 있다.

황금알 시인선